詩と思想
新人賞叢書 15

ぽとんぽとーんと音がする

黒田ナオ

土曜美術社出版販売

詩と思想新人賞叢書15

ぽとんぽとーんと音がする

目次

ぽとんぽとーんと音がする

井戸

目を閉じると
そのむこうにある夜

瞼のむこうにひろがる夜の原っぱ
レモン色の三日月が空に浮かび
草たちは風にゆれて
真ん中にぽつんと古い井戸が見える

井戸の底にたまる水は冷たくて

もうひとつの月がうつる

ぽしゃん、
石を投げたのは誰
それは
瞼のむこうに住んでいるわたし

ひとりじっと
夜の原っぱにたたずみ
昼間のわたしを見つめている

水音

真夜中に
目が覚めた
ぽとん、ぽとーんと
音がする

硬くて冷たい蛇口から
こぼれて落ちる水音は
布団の上にも
落ちてくる

ぽとん、ぽとーん
ぽとっ
ぽとっ

天井いちめんに
音の波紋がひろがって

ぽっかり大きな
穴が開く

夜、走る

夜、走る
ひとりで走る
闇に向かって
走る、走る、走る
母親をやめる
妻もやめて
女もやめて
人間もやめる
ジーパンを脱ぐ

Tシャツを脱ぐ
下着も全部脱いで
真っ黒な豹になって
ジャングルを駆け抜ける
手を捨てる
足も捨てる
蛇になって這う
深い深い
闇の河を
泳ぎながら
渡っていく
むこう岸から
誰かが呼ぶ
ゆらりゆうらり

手を振って
あれは夫と呼んでいた男
あれは息子と呼んでいた男たち
仕方ないから鴉になる
闇にまみれて飛んでいく
黒、黒、黒で
夜空にとける
大きく大きく
翼を広げ
闇のむこうへ飛んでいく

黒頭巾の闇

会社からの帰りに
見上げた屋根の上を
黒装束の誰かが
さささささっと走り去る

と思ったら
ひょいと振り返り

娘よ、

と声をかけられた

それは男か女かよくわからない
ずいぶん低い声だった

わたしは昔、おまえの母だった

そう言われてよく見ると
頭巾の隙間から
目尻に皺の寄った目がふたつ
しみじみとこちらの方を眺めている

それは確かに
今朝、見たばかり

見覚えのある目であった

こういう生き方もあったのか

戸惑う娘に
さらばじゃ、と言い残し
もはや母は黒頭巾となって
さささささっと走り去る

その後ろ姿のむこうでは
どろりとした闇が、深く
ひろびろと
ほどかれていた

呪文

鍋の底に見えてくる
大根や豚肉、牛蒡のむこうにぼんやりと
若い女が見えてくる

娘だ、もうすぐ娘が帰ってくる
暗い夜道と街灯が見えている
その下を疲れた娘が帰ってくる
足を引きずるようにして

わたしは台所で
鍋を大きくかき混ぜる
ため息と夜と一緒にかき混ぜる

ふっふっふっ
足がもつれた娘はひっくり返り
泥まみれになって
悶え苦しんでいる

わたしは急いで
階段を駆け上がり
二階の窓から投げつける
乾いたばかりの洗濯物を
娘に向かって投げつける

シャツにブラジャー、ストッキング
ジーパン、ブラウス、ワンピース

そのとき、ようやく
目を覚ます
大きな目玉が目を覚ます

わたしは、どこ
わたしは、だれ
いったい何をしているの

ふつふつふつふつぶつぶつぶつ

ぞろぞろと這い回り

団地のすぐ横にある水路で
今日もウシガエルが鳴いている
ごえごえごー、ごみだらげー
つぶれたペットボトルにアイスカップ
穴が開いたバケツやら片方だけのスリッパが浮かぶ水路の
ホテイアオイが生い茂る
その下で生きているのは、メダカ、鯉、鮒
誰が放したのかミドリガメ
クサガメだっている

オオカナダモはゆれて蠢き
それからそれから
地下水路を通ってこっそりやって来られた
雷魚様

ごみの水路に捨てました
三十五点の答案用紙と
給食で残したコッペパン

ほやほやほや
団地は昔、田んぼでしたからね

ぞろぞろと這い回る感情も
水草にひっかかって産卵し、子が生まれ

生き残り、異形の夢と泳いでいる
見たこともない大男
一つ目小僧に蛇女、河童殿

漂って

呼んでいる

夜中の二時に迎えが来る
団地の窓を叩くもの

アイスの蓋にこびりついていたはずだ

雷魚様は

何もかもお見通しですよ

窓の外では
オオカナダモが怪しくゆらぎ
ブラックバスの歌声に
アメリカザリガニも踊りだして

いま、濁った水路の底で
ぼおっと光る
朱い鳥居を
何かがするっと抜けました

＊ 一部に武田晋一著『ごみ水路水族館』を参考にした記述があります。

緑色の、どろどろの

真夜中に女は暗い台所で
残ったパンを食べる　少し干からびたチーズも食べる
胡瓜を齧る　味噌をつけながらぽりぽり齧る

齧りながら女は　昼間　男から聞いた話を思い出していた
ライオンはね　シマウマを食べるとき
まず腸を引っ張り出して食べるんだ
ライオンは肉しか食べないから
体の中に葉っぱを分解する酵素が無いんだよ

だからシマウマが消化した葉っぱを
むしゃむしゃむしゃむしゃ食べて
ビタミンやら食物繊維やらを吸収するんだ

シマウマの腸　と女は小さな声でつぶやいた
それから長い長い腸の中で眠る消化された葉っぱのことを考えた
いったいどんな味がするのだろう
口じゅうにひろがる草や土の匂いと
緑色のどろどろがいっぱい詰まった栄養たっぷりの腸のこと
うまいうまいと涎をたらしながら食べるライオンのことを考えた

それからふーっと大きく息を吐くと
女はまたぽりぽりと胡瓜を齧り始めた

☆☆

日曜日

ライオンの鬣のなかで眠る
草原の夢を見る
昨日食べたオムライス
洗濯物がゆれる
ライオンはまだ眠り続けている

煙

何もしない　何も言わない
考えない
ただ一本の高い煙突となって
ぽーぽーと情念を
体の奥から湧き上がらせている

見上げると
鉄塔の上を
静かに川が流れて

柔らかな衣を着た人たちが
身をくねらせ
手足を長く伸ばしながら流されていく
流されながら　ずっと
何かを待ち続けているようだった

バナナ日和

食べても食べても
バナナを食べる
ぽとりぽとりと
落ちてくる

空っぽの
青い空から落ちてくる
何本　何本　何十本
黄色いバナナが落ちてくる

わたしは待つ
両手を大きくひろげ
ひとりぼっちで
なーんにもしないで

酸っぱいわたしの胃袋のなかは
甘くて黄色い匂いで満ちる

それから
それから
それから

ぽとりぽとりと

わたしが落ちる
空っぽの
青い空から落ちてくる
何人　何人　何十人

ゆっくり空から落ちてきて
だんだんわたしが
遠くなる

蛍光灯

とぼとぼと歩いていたら
後ろから
とぼとぼがついてきた

とぼとぼとぼとぼとぼ
とぼ

もしもし、あなたは
と声をかけたら

とぼとぼに
捕まえ
られたわたしは

いつも暗い場所にいる

廊下の蛍光灯が
ついたり、きえたり
きえたり、ついたり

とぼとぼも、わたしを抱いたまま
ついたり、きえたり
きえたり、ついたり

ふ、あ、ん、な、き、も、ち
ふ、あ、ん、な、わ、た、し

天井から
まっさかさまにぶら下がる

振り子みたいに
ぶらーんぶらーんと
ゆれている

島

見下ろすと
すーっと金色の魚が泳いできて
気がつくと、わたしも泳いでいた
そのうちだんだん体が透き通ってきて
突然、島だった頃を思い出す

ああそうだ、ずっと昔わたしは
空に浮かぶ空豆みたいな島だった

風がふくたび
ふくらんで
雨が降るたび
大泣きして

天気のいい日は一日じゅう
鳥たちと一緒に
口笛吹いたり
鼻歌を歌ったり

ずっと同じ場所にいる

何千年、何万年

ずいぶん長い年月だったはずなのに
ほんの一瞬のようだった

水かさの増した川の流れを

気がつくと
幽霊が見えるようになっていた
いつからかだんだんと
そんな風になってしまっていた
幽霊は怖いんだろうと思っていたが
あんまり怖くはなかった
ただみんな、ちょっと悲しそうな顔をして
その場に佇んでいる
幽霊はどこにでもいるようだった

駅のホームにいる、公園のベンチにもいる
駅前のコンビニや
ドーナツ屋の一番端っこの席にいることもあって
空になったカフェオレのカップを
じっと見つめていたりする
お代わりが欲しいの？
いえ、そういうわけではありません
ただカフェオレがどんな味をしていたのか
全然思い出せなくて
そのことが何より悲しいのです
雨の日にもいる
じっと、ひとりぼっちで立っている
雨に濡れるって一体どんな感じだったのか
思い出すことが出来ません

振り返るたびに後ろからついてくる幽霊もいて
その青白い血の気の薄い顔を見ていると
ほっとしているわたしがいる
何度も何度も振り返って、その表情を確かめながら
去年、死ぬことばかり考えていた頃のことを
思い出していた
台風の去った後には
水かさの増した川の流れを
橋の上からいつまでも眺めている
濁った泥水に身をまかせて
沢山の幽霊たちが
沈んだりまた浮かび上がったりしながら
こっちへおいでと呼んでいる

真夜中に歯を磨いていると
浴室の闇にもひとり女の幽霊がいて
よく見るとその女は
わたしにそっくりだった
流れているのだな、と思う
流れ続けてそのまま
ますます流されてしまうのだろう
幽霊のわたしはいま
いったい何を見て何を感じているのか
いやきっと
もう何も感じることが出来なくなってしまったのだ
ただそのままスーッと
声もなく
闇の奥に沈んでいくようだった

烟るような匂い

旅人たちは突然あらわれたのでした
それはある午後のこと
ぼうぼうと芒でいっぱいの野原で
ひとり風に吹かれていたときのこと
すぐそばにある川のむこうから
何人も何十人もの人たちが
歌うような呪文のような言葉を唱えながら
少し足を引きずるようにして
ゆっくり歩いてきたのです

男がいました
女もいました
子供も赤ん坊も
赤ん坊を抱いた母親たちも
杖をついた老人もいました
どの人もみな重そうな鞄を抱え
古くて分厚い上着を着て
烟るような匂いを漂わせ
何も見えていないかのように
ただ前だけを向いて
わたしの体を通り抜けていったかと思うと
まるで曲がり角を曲がるかのように
ふいとまた何処かへ消えてしまったのです

その日からわたしは
夜になるといつも
同じ夢ばかり見るようになりました
あの川のむこうからやって来た人たちと
一緒に旅をする夢です
遥か彼方にあるという
まだ見ぬ約束の場所を求めて
遠い時間の果てからやって来て
ただ静かに歩き続ける夢
古い上着を着ていました
砂ぼこりで汚れた重い革靴を履いて
いつも小さな男の子の手を引いていました
この子はわたしの息子
それとも年の離れた弟なのでしょうか

男の子とわたしはときどき目を合わせ
少しだけ笑いました
足音だけが響いていました
誰もかれもが呪文を唱え
わたしも唱えていました
でもその呪文は
目を覚ますといつも
すぐに忘れてしまうのです

朝はいつもがっかりしました
ああ、あの人たちはもう行ってしまったのだと思うと
とても悲しくなりました
昼間のわたしは抜け殻のようでした

☆
☆
☆

風呂の声

お風呂屋さんに行って
お父さんと一緒に男湯に入ったら
湯舟の真ん中からぶくぶく泡が
湧き上がってきて
ごぼ、ごごぼと声がする

お父さんみたいな、お爺さんみたいな
風呂じゅうに響く低い男の人の声

だけど誰も気づかない

ごぼごぼごぼごぼ、ごごばぼう
あれ？

ごごばもう

ここはもう

声は何度も繰り返す

ここはもう
お前の来るところじゃないだろう

わあ、と大きな声をあげ
慌てて湯舟を飛び出すと
わたしはお母さんのいる女湯に逃げた

あれから一度も
男湯に入ったことはないけれど

確かにあの日
わたしは聞いた

ひゅーっと飛んで

やって来る
やって来る
そろそろやって来るというのだから
困ったなあ

夜の窓をのぞくとうろついている
歩くのがへたくそで
あっちへふらふら
こっちへふらふら

墓場に寝転がって
冷たい地面にじっと耳を押しつけて
足音を聞いている
もう死んでしまったのかな
いや、まだまだ死にきれないと
重低音で唸っている

なんだか何もかも放り出して
旅に出てしまいたくなるよ

哀しくて
ちょっとだけ誇らしい

夜空を見上げていると
突然ぴかっと何かが光ることがあって
それこそが彼のマント
夜空いっぱいの
月や星々と一緒に
流されて
それがいつだって
薄汚れた影まで引きずっているものだから
今夜もなかなか眠れなくて
眠れないくせに
いつだってもぞもぞと
半分、夢のなかにいる

美しい時間

白い壁に蛾がとまっている
じっと見ている、わたしがいて
水色がかった薄緑色の蛾が
壁の上でじっとしている

ふる、るる、ふるる

昨日もいた
この薄緑色の蛾がじっとしていて

昨日はじっとしていなかった、わたし
買い物袋を両手にぶら下げ
夕飯の献立が目の前を飛びかい
洗濯物が頭の隅で揺れていた

わたし、いる

ほんの少しだけ微笑んで
白い壁に薄緑色のドレスがよく似合う

まだいるの
と聞いているのは、わたしだろうか
それとも

るる、ふるる

冷たい壁の上でじっとしている
頭のなかもぼうっとかすんで

白い壁に
はかなげな薄緑色の気配だけが
ふんわり漂っている
その匂うような時間に
ゆらゆらとゆらめいて

ゴミの日

雨降りの夜
燃えるゴミと一緒に
袋に詰め込んで捨てたはず
なのに朝になってずりずりと這い出してきて
こっそり通り過ぎようとしたわたしの
後ろから追いかけてくる

だんだん重くなる背中と
生臭いにおいにうんざりしながら

むこうに見える青空がやたら眩しい

あれ、あれあれ
通勤電車に乗って

無理やり詰め込まれているのは
わたしもおんなじなんじゃないかと頬っぺたを
ぎゅっと押しつけられた電車のドア
ほんの少しだけ
首を傾ける

と廃棄物処理場の
くすんだ緑の屋根の上から
猫の形をした雲が

おーんおーんと呼んでいる

でも
ゴミ捨て場から這い出してきたものたちが
首筋にこびりついているから

飛べない
まだ、飛べない

落とした視線が
並べられた線路の上で
もうすぐ
干からびる

ジャージの軍団

いち　にぃ　さん　しぃ
ごー　ろく　ひーち　はーち

放課後の運動部員たちのかけ声は
やる気なく、間のびして
呪文みたいにからみつき
ゆっくり商店街まで流れてきたら
虹色のアーケードをくぐり抜けて
青白く光る鯖の切り身が

ぷかりぷかりと浮かび上がる

夕飯を作るはずのわたしも
もうすっかり人間ではいられなくて
歩けない、這いまわる
ザルからあふれる大量の千切りキャベツを
眩しそうに見上げながら
衣をつけられたばかりの豚肉が
怪しく唸り声をあげる
午後四時二十分

にぃ　にぃ　さん　しぃ
ごー　ろく　ひーち　はーち

踊るジャージの軍団は
今日もぬるい欠伸を噛み殺しながら
長く伸びきった放課後の校庭に
いつか遠い宇宙の果てから
謎のＵＦＯがやって来る日を
密かに待ち続けている

茎わかめ三十郎

茎わかめ三十郎が鍋の中から語りかける　拙者　茎わかめ三十郎と申す　申す申すと言いながら　鍋の中で膨らんで　わたしは茹でたばかりの小松菜を横目で見ながらボールペンを握りしめ　背中を丸めてちまちまとチラシの裏に詩を書いている

鍋の中から三十郎が呼んでいる　煮えながら　ますます大きく膨らんで　潮の匂いをまき散らし　ここで会った

が百年目と刀を振りかざし　膨らむ妄想を書き綴る

ひとり娘がおりました　娘は朱い鼻緒の草履を履いて三十郎さまあと黄色い声をあげている　ようやく巡り逢えたのに　何度も何度も繰り返す再放送の夢の中　悪者どもをばったばったとなぎ倒し　ここで死んでもまた今度来世できっと会いましょう　青味がかった三十郎の流し目が色っぽいと紙に書きつけて　ふとさっき俎板の上にのせた鰺の干物と目が合った

背中のランドセルをカタカタ鳴らし　もうすぐ娘が帰ってくる　なのにいよいよ焼き網を舞台に　平木鰺衛門ま

で申す申すと語り始めて　着流しの青首大根が賑やかす
その頃コンロの上では　すっかり静かになった三十郎が
醤油と味醂に染めあげられて　つるりと湿る唇に不敵な
笑みを浮かべていた

妄想電話

知らない人からかかってくる
頭のなかで着信音が鳴って
電話が空から
追いかけてくる
姫路城からかかってくる
戦で死んだ侍たちが
まだまだ無念と嘆いている
天気のいい日もかかってくる
喋り始めたら何処にも行けない

無視しようと思っていても
しつこくしつこく鳴り響いて
どこまで逃げてもついてくる
バスのなか
電車のなかでも
マナーモードで呼んでいる
会社を休めとかかってくる
まだまだ寝てろとかかってくる
掃除はするな
洗濯干すな
晩ご飯は
コンビニ弁当と踊っている
午後六時を過ぎたら
半額シールまで付いてきて

夜は寝るなとかかってくる
仏壇から
ご先祖様を呼んで来いと化けてくる
爺さん婆さん
ご先祖様の霊を山ほど背負って
富士山の
日の出を拝めとかかってくる
掃除機やら
洗濯機やら
冷凍冷蔵庫の付喪神が
そろそろ樹海で
成仏させておくれと
どんちゃかどんちゃか
追いかけてくる

留守番電話で
やって来て
電源を切っても
ついてくる
ああ、うるさい
もうどうにでもなれ
と電話にでてみたら
ツーツーツー
なんて小憎らしい音がして
残念ですが
電池切れですと
追いかけてくる

モモンガ

午後六時十五分
ビル七階にある会社の
ロッカールームの片隅で
重たい窓をこじ開ける

さあ、夕焼けは終わった

ぐいっと体を乗り出すと
モモンガが

暗い空に飛び出した
コンクリートの壁を蹴り
ビルからビルへ
跳び渡る

冷たい風が
耳の奥まで吹き込んで
闇へ闇へと落ちていく

電卓をたたいた指先から
並んだ数字がこぼれ落ちる

首筋あたりにこびりついた
四角い言葉が逃げていく

闇がわたしを捕まえる
モモンガのわたしを抱きとめる

コートの裾をひるがえし
あっちのビル
こっちのビル

もう少し
もう少しだけ
わたしのわたしに戻りながら

ひょーいひょーいと
跳んでいく

遠い記憶

死んだり
生まれたり
また死んでしまったり
生まれ変わったり
幾度もの
長い長い
生き死にの
輪廻の渦に
巻き込まれながら

今
ここにいる
わたしという
人間

夜の闇のなか
沈丁花が
匂っている

カンカンと鳴る
踏切の音

もうすぐ帰る
家がある

プロフィール

黒田ナオ（くろだ・なお）

一九五七年　兵庫県神戸市生まれ

二〇一三年、詩集『夜鯨を待って』（私家版）

二〇一六年、「詩と思想」現代詩の新鋭

二〇一八年、詩集『昼の夢　夜の国』（澪標）

現住所　〒六五一―一一二二
兵庫県神戸市北区君影町一丁目
二―十二―七〇七　田野方

詩と思想新人賞叢書15

ぽとんぽとーんと音《おと》がする

二〇二一年六月二十五日　発行

著者　黒田ナオ
装丁　直井和夫
発行者　高木祐子
発行所　土曜美術社出版販売
〒一六二―〇八一三　東京都新宿区東五軒町三―一〇
電話　〇三―五二二九―〇七三〇
ＦＡＸ　〇三―五二二九―〇七三二
振替　〇〇一六〇―九―七五六九〇九
印刷・製本　モリモト印刷

ISBN978-4-8120-2633-5　C0392